KB171100

홍콩 정원

정우신

홍콩 정원

정우신

PIN

032

차례

1부

2부

PIN

032

홍콩 정원

정우신

시

1부

핑크 스팀

세계는 옷차림만 달라졌을 뿐

누가 말하는 걸까
충분하다고
뛰어내리라고 누가 부르는 걸까

눈의 자리를 더듬었다
안개처럼 강으로 기지개를 켜고 있었다
알루미늄을 씹었다 뱉었다

어느 무당의 말처럼 물을 멀리했다면
미래는 가벼워졌을까
슬픔이 덜했을까

손끝으로 어둠을 두드리다 보면

가끔 별똥별이 보이지

당신의 입속에 있는 자두

익어가는 소리 들리지

초점은 지금부터 잠자리의 몫

초록 눈꺼풀에 잠겨 증발하는 가을의 몫

不二門
—건봉사의 항아리를 정리하는 비구니 리플리컨트

선생은 절을 마치고
관으로 돌아가 누웠다

향이 끝나갈 때쯤 살냄새가 났다

불이 꺼진 적이 없던
가마솥
무엇이 들었는지 모른다

삼동내 개들은
장작 연기의 방향에 따라
짖었다

산 중턱까지
뻗어나가지 못하는

차가운 울음소리

눈을 감으면 몇 가진
안 보이고
몇 가진 더 보였다

사람들은 항아리에 새끼를 낳고 찾아가지 않았다

나는 미닫이 창문을 굳게 닫고
선생이 나비로 날아가길 기다렸다

무당
―신내림을 연습하는 리플리컨트

우리는 둘러앉아 씹고 있던 뼈를 뱉었다

맑고 푸르스름한 구슬이 박힌
무당의 이마

보라색 천으로 덮여 있다

우리는 네 개의 발을 가진 것처럼 땅을 긴다 서
로를 업고 풀을 고른다

폐쇄 철로를 끊어다가 작두를 만들었다
그 위로 악어들 올라와
배를 식히고

나무에 매달린 저 머리는

네가 아니다
네가 날 썩게 둔 것이 언제부터였는지 모른다

입을 벌리고
싱싱한 것을 기대한다

막 땅에서 나온 지렁이 같은 것

대책 없이 죽겠지

사랑은 피를 나르다가
피가 되고

점괘가 완료되기 전

마을 사람들

할복한다

생화학교실
—리플리컨트의 탄생

물고기들이 빛을 물고 다가옵니다

*

달려오다가 사라지는 밤이 있습니다

어떤 사랑을

편평하게 눌러 담고 있는 가로등과 거미줄, 나방의 완벽한 구도가 있습니다

*

바람 불어올 틈은 없는데

창문이 없는 나의 작은 집에도 벌레가 벽을 유지하고 빛이 돌고 가스 불이 켜졌다 꺼지고

나는 흔들리고

흔들리고

지금 밟고 있는 것이 무엇인지 보고 싶은데

한번은 건너야 하는데

죽음을 지나쳐버렸는데

*

체인 없이 발을 굴리며

사람을 태웠다가 내리는 달과 태양

식물이 왕이 된다고 해도

계급이 사라지거나

적설량이 달라지지 않습니다

죽은 자가 가꾸던 연못에는

죽은 자의 눈을 덮는 이끼가 있을 것입니다

녹을 벗고

다른 이의 눈으로 기어가는 빛이 있을 것입니다

*

죽음입니다

중환자실에서 가장 잘 자라는 것은 선인장입니다

굵어지는 햇빛입니다

전쟁광의 지하창고에 쌓여 있는 포탄과 식량처럼

쓸쓸한 온도가 있습니다

과거가 또렷합니다

새가 있는 곳엔

국가가 있어요

누가 더 슬픈가

누가 더 슬픈 삶을 사는가

고통 속에서 상대성이론은 발견되었어요 말하면

무언가 더 보이는 것이 있습니다

*

죽은 자만 보여서 고통스러운 신병과 살아 있는
자만 보여서 고통스러운 가스실의 책임자

*

횡단보도에 아이가 서 있습니다

*

사람의 눈동자에 살다 가는 사랑이 있었습니다

사랑의 눈동자에 갇혀 사는 사람이 있었습니다

베이스캠프

빛이 사라지고 있었다 나는 염소 발목을 부러트려 십자가를 만들었다 우리는 눈보라의 어디쯤을 짚어보고 있을까

난로 위에서는 물이 끓고 나는

네가 기타 가방에 그려놓은 동물이 오길 기다렸다 뿔과 날개가 있고 다리가 없는 그 동물, 우리의 얼굴이 반반 섞여 있는 그 동물

내가 위태로울 때면 너는 따뜻한 술잔을 들고 꿈에 나타났다 우리는 머나먼 바다까지 흘러가기도 하고 사냥당한 염소 가죽을 뒤집어쓰고 별을 바라보곤 했다

침낭 지퍼를 머리끝까지 잠그고 죽음의 두께에 대해 생각했다

네가 먼저 갔듯이 눈발은 발자국을 오래 남기지 않는다 기도를 하다가 멈추면 눈이 쌓이는 소리가 더 잘 들린다

부소담악
―머신 러닝 1

강을 타고 지줄대는 이야기는

장작 타는 냄새를 이고 휘휘 돌아 나간다

물은 사람인지 새인지 구별되지 않는

얼굴을 향해 머리를 찧고 있다

엉켜 붙은 햇빛

풀어보려 산책했지

물에 비치는 그림자는

산도 아니고 우리도 아닌 것 같다

산 너머에서 들려오는 소리

돌을 삼켜버리는

水面

폐사지 입구의 고양이

무언가를 지켜보고 있다

숭배
—머신 러닝 2

발끝을 움직여본다

등 전체가 지붕처럼 뜯어졌다

구멍 난 목으로 불어와

고체가 되는 바람

바람을 건지기 위해

다시 들어오는 바람의 손

뼈를 두드린다

유리 밖으로 밀려 나간 나

나와 부딪친다

나는 바람을 더 이상 느낄 수 없고

풀밭으로

바람의 턱 끌려온다

사람들

내가 사람인 줄 모르고

절을 계속한다

익산 가는 길

약 먹고 물 먹고

거울을 보며 우린 더 살아야 하지 웃고 울어봐

날벌레는 아니지만

돌고 돌아 겨우 여기까지겠지 아이가 무심코 엎
지른 컵에 붙어 허둥거리겠지

나를 생각하는 사람들에게

삶은 절차 없는 긴 장례식이었지 우리가 걷는다
는 것과 먹어야 한다는 것 계속 자야 한다는 것

동정과 비난과 환희 속에서 숲과 하천과 산책 길

그리고 울음 속에서

  죽음이 나를 이미 다 파먹어서 죽을 수가 없네

  약 먹고 물 먹고

  아직 첼로는 켜지 말고 자화상을 그려봐 자유로
워지는 순간, 열리는 시간에서

  물은 자신의 맛을 알고 싶어 할까

  물의 속성
  불을 마시려는

  나의 사랑에게

아무 할 말이 없어서 끄적여보는 밤

교육시켜주세요 더욱 커다란 용기와 확신을 주
세요 기도하는 밤 외쳐보는 밤

한 계절 창가에서
지내다 보면
잃어버린 귀 한쪽을 찾아 떠도는 바람이 온다

물 먹고 약 먹고

우린 더 살아야 하지 병원비와 공과금이 밀리는
방식으로 인생을 늘려야 하지 아이의 미래가 나의
과거가 되지 않도록 울고 웃어봐

다 끝마치고 싶은데 어떤 노래를 틀어야 할까

눈송이를 간직하고 싶어서 나무를 들였지

길을 걷다가 먹고 자다가 언뜻 들리는 다정한 목소리와 움푹 팬 상처가 난 자리로 내려앉는 눈보라

양쪽을 번갈아 밟고 가야지

사슬
—머신 러닝 3

　성당 담장에 둘러진 넝쿨은 한 마리의 뱀과 같고 한 마리의 뱀은 한 마리의 메뚜기 머리와 같다 또는 하나님의 모친 같다 성당 한가운데에는 나무가 하나 있다 모친은 나무 앞에서 누군가를 부른다 나무는 나를 세워둔다 달아나면 한 명의 인간이 될 수 있을까 모친은 바구니를 들고 무화과를 기다렸다 성당 담장에 둘러진 넝쿨은 하나님의 핏줄 같다 또는 뱀의 이빨 같다 문지르면 피가 난다 죄를 짓지 않았는데 메뚜기 떼가 심장을 파먹는다

失樂園

눈보라

눈보라

도시를 병원으로
모래와 신념은 지하로
서늘함은
복도의 피
비린내를 끌어들이는 강가로

나는 영혼들과 기름이 엉켜 있는 항구에 걸터앉아

석양을 이리저리 깎아본다

물컹물컹 쏟아지는

한 저녁의 껍질

우물을 들여다보면

우리는 저수지에 내렸던 폭설을 한번에 맞고 있었지

백 년 동안 흘릴 눈물과 비명을 육체 주머니에 담고 입을 봉했지 모든 털이 젖은 채로 불을 피우고 기다렸지 텅 빈 안구에 벼를 심고 농약을 뿌렸지

어디서부터 어디까지가 머리카락일까

얼마나 먹었어

얼마나 먹을 수 있어

또다시 생이 올 줄 몰랐네 나는 당신과 생일을
바꿨지 수산시장 32호 뜯어진 전기장판의 전선처
럼 핏줄이 흐물거리네 빠져나가지 못하는 전류 때
문에 팔목이 저리네

다섯 살 때 내가 던졌던 눈송이

검고
커다랗게
점점
다가오는데

로드킬을 당한 고양이의 하품처럼 돌아올 꿈을

놓쳐버리겠지 오늘은 별의 조도가 달라지겠지 비는
사랑을 다른 재질로 바꿔놓겠지 결국 나는 진흙에
빠지겠지 생쌀을 씹다가

　눈발을 털며
　이발하는
　나를 본다

　목소리가 끝났습니다

　눈보라

　눈보라

　움직이는 것들

다 움직일 때까지 기다려본다

한 시 동공은 세계의 곡선을 당기고
15초 종교를 갖기 시작하고
두 시 59분 잘못 살았다
아니 잘 살았다
네 시 반 수술실 불 꺼지고

두 손으로 하는 기도가 끝날 때

接冬 接冬
—머신 러닝 4

동백나무 심으며 즐거웠지요

어디서 자라는지 모르는 동백나무
바람이 강해졌는지
나의 그림자가 흔들립니다

표본실의
나비처럼

몸을 고정합니다

눈꺼풀이 넘어간 보름달
안면 가득 채워지는
붉음이 좋아
동백나무를 벗어나지 못합니다

그늘에 떨어진

바람을 건져보는 동백나무

함께 죽지 못하는 동백나무

먼저 간

동생처럼

接冬 接冬

백발의 당신이

한참을 서성이다 가는 걸 봤어요

2부

네온사인

아무것도 없는데

빛이 타네, 빛이 타네, 빛만 남아서 돌아다니네

뱀처럼
별처럼

움직임을 익히네 움직임을 따라 하며 우리를 조
롱하네

정성스럽게 닦아줘
닦아줘

모든 뿌리를 연결하면 진화가 빠르게 시작될까

수박 좀 먹어봐

참외 썰어 왔어

나는 그때 그 여자아이야

느티나무 평상에 앉아 이야기를 한다

나는 그때 너희가 삼켰던 그 아이야

그거 내 침이야

내 오줌이야

아무것도 없는데

줄기가 발톱을 밀고 올라온다

함구를 하고 있어도

빛은 새어 나오지

죽어라, 죽어라, 언젠가 죽을 것들

박제한 새처럼

마음이 얇아지는 날은 벌레들의 소리가 크게 들린다

종말을 보고 왔는데
거기에서 너희가
타닥타닥 터지고 있었는데

속삭이는 빛, 오물이 흘러가는 빛, 주인 없는 눈빛

지구는 식어가고

별자리마다

뱀이 쏟아지고 있다

암시장
— 만리포 여관에 버려진 리플리컨트

깨진 타일과 모자이크의 세계. 인간은 자주 머리가 아프다고 했다. 아침으로 믹스커피에 게보린 두 알을 녹여 먹었다. 유난히 아픈 날은 향수를 두 번 뿌렸다. 인간의 옷을 입어본다. 내가 하는 일은 수건을 말리거나 화장실 청소를 하거나, 덫에 걸린 생물을 제거하고 다시 덫을 어디에 설치할지 고민하는 정도다. 쥐는 덫 앞에서 며칠을 고민하다가 결국 가루를 먹는다. 금속 고양이는 빨랫물을 핥으며 세 시간에 한 번씩 운다. 칫솔과 칫솔을 겹쳐놓고 쾌락에 대해 상상한다. 번식에 실패한 인간은 땅을 파고 들어가 뿌리가 돋아나기를 기다렸다. 오늘은 석양의 자리에 토성이 떠 있다. 허벅지로 흘러내리는 정육들. 나는 붉은 헬리콥터를 타고 왔던가. 빈 창틀을 열었다 닫으며 재활한다. 백반이 오는 동안 바닥에 물 뿌리고 신발을 정리한다. 안구 갈아 끼우고

일과를 종료한다. 금속 고양이는 눈동자 색깔을 바꾼다. 나의 의도를 알아채고 정보를 보내고 있는 것이다. 손님이 없는 밤은 석유 냄새가 진하게 난다.

마리화나 소년
—리셋된 자신에게 머신건을 쏘는 리플리컨트

사람과 개체를 구분하지 못하는 순간, 호스로 빨려 들어갔다

진화를 거듭한 지식인들

해안가에 모여 침을 흘리고 있다

벽난로 앞으로 떨어졌다
절룩이는 고양이를 쫓아가고 있었는데
유서를 쓰고 돌려 읽고 있었는데
서로의 바지에 사슴벌레를 넣어주고
별장에 불을 질렀는데

주인의 입술을 찾지 못했는지
숲을 산책할 때에는

바람 소리가 휘파람에 가깝게 들리고

소년은 껌을 팔고 있다

내가 있는 곳으로
금방 건너갈 수 있을 것 같았는데
아직도 200년이나 남았다

여기서 기다려 곧 데리러 올게

간판이 깨진 여인숙과 다방과 기도원부터
기억이 없다
육교를 지나 약초를 파는 상점을 지나
벌레 약이 놓인 리어카 옆에서
리셋

호이스트로 이동되고 있는
진공 포장된 육체들

낯선 사람을 따라가다가
정글짐에 빠져버렸다

일본식 뒷골목에서
우리는 사랑하고
복제되었네

시작된 곳보다
멀리서 발생하는 먼지가 있지

기찻길을 따라 자란 식물은 귀가 예민해져서

기차 소리만 들으면 흔들리고

나는 기찻길 옆에 살고

리셋

나는 무엇으로 보일까

어선 저장고에 붙어 자라는 녹조처럼

위험한 생각이 실행되고 있는지 모르지만

사람들

도시에 걸어 다니는 개체

아무도 의심을 하지 않지만

내 몸에 남아 있는 동식물들

나의 소년, 온몸으로 퍼지는데

자라나는데

—
—

어디로 나가면 될까

쥐 인간

손톱에 낀 기름은 닦이지 않고
휘발되지 않고
질병을 끌고 다니는데
서로의 꼬리를 불로 지지고 놀았다

사랑하는 것이
죽고 태어나고 죽고 태어나 사랑하는 것이
쓸모없어지는 것이
적막해서

아버지와 대화를 한 기억은 없는데

쥐 얼굴을 한 채
톱니바퀴 사이를 뛰어다녔다

시멘트가 시멘트를 묻어버리고
잡초가 잡초를 밀어 올리고
구름이 구름을 삼키고

등이 차가워지는데

물컹하고 비릿한 덩어리가
삼켜지는데

실패하는 것이
실험하고 다시 실험하고 실패하는 것이
잘 끊어지지 않는 동맥들이
아득해서

아버지는 나와 같은 공포를 느꼈을까

쥐는 보이지 않는데

냉장고 문은 열렸다 닫히고
닫혔다 열리고

대왕 나방
—리플리컨트의 멜랑콜리

물속에서 나는 깨다 졸다 깨다 졸다⋯⋯
내가 있었나?
고개가 360도로 돌아간다 허리를 구부렸다 펴면
지구가 발아래 있다
엉덩이를 꿈틀거릴 때마다 부피가 늘어난다

먹구름 하나가 만들어지는 시간

파리가 시체에 들러붙는 동안
쥐는 할 일이 없어지고
그림자는 자라고
풀은 풀에 눌어붙는다
비린내는 파리의 것? 쥐의 것?
바닥의 것? 나의 것?
피,

비는 누구의 것?
비와 피의 감정을 구별하다가
육체 밖으로 또 튀어나와버렸다
나는 겹눈으로 주변을 둘러본다
아무것도 없어
아무도 보이지 않아

그래서 좋다
미시적인 생활이 좋다

음식물 쓰레기통의 개수를 세며
산책을 하는 새벽
이 동네는 유난히 호박꽃이 잘 자라고
아이들보다 노인이 많고
교회로 향하는 사람보다

문을 두드리는 이가 자주 보이고

물 좀 얻어먹읍시다

달마도를 현관에 걸어놓으세요

다른 동네를 꿈꿀 수 없고

연립주택가의 주차처럼

여유가 거의 없거나 비뚤어진 사람들

끊임없이 움직이며

돈을 모으고

병원에 모두 써버린다

뭘 하는 걸까

고목처럼

모든 것이 그대로인데

거미가 거미줄을 갈아탔을 뿐인데

골목은 바닥을 보여주지 않고

전염시킨다

바닥의 원리가 나에게 작동된다

구더기 끓는

여름의 뚜껑을 닫는다

우리는 서로를 갉아 먹으며

지구의 회전을 유지하지

수박 껍질을 버려줘

동료를 늘리게

패턴을 바꿔

생물을 속이게

작고 작아져

시원해지게

뒤를 봐 뒤를

골치 아파요

진화처럼 앞에
있는 척
뭔가 할 일이
남아 있는 척

구더기에게 뜯어 먹혀
어느 날 난
나도 모르게

팽창!

이 슬픔이 더 이상 내 슬픔이 아니라는 것
이쯤에서 삶을 끝내도 아쉬울 것이 없다는 것

내가 보여?

증기선이 지나간 뒤의 파도 거품에서
도망간 라마의 눈동자에서

그리고 해파리
해파리 좋다

즐거워 즐거워 인생은 즐거워
좋은 것들은 나를 물 밖으로 끌어당긴다

……졸다 깨다 졸다 깨다 흐물흐물해진 살점들

아직 배울 것이 남아 있나?

오후 일곱 시

바람 무거워지고

비 오다 말다

오다 말다

이제 인간의 계절은 누가 바꾸나

홍콩 정원

끊긴 꿈으로부터
재생되는 살점

*

날개를 가지런히 접어놓고
결정하지 못했지

육교보단 모텔이
모텔보단 강물이 낫겠지

거기 예술가
너를 뭐라 불러야 하지?
장화 속 거머리들, 대형 비닐봉지, 라벤더 비누

중력을 두려워 마
시간과 속도의 문제일 뿐이야
음악이 잊게 해줄 거야

                    *

네가 피어난 자리
나는 약간 휘청거렸다

살을 만져봤다

분장을 하고
객실에 얌전히 있었는데
따듯한 나라로 이동 중이었는데

진통제, 염주, 플랫슈즈, 기차표, 미술관 입장권
나를 찾는 데 도움이 될까요?

살아버렸습니다
빠르게 다 살아버렸어요

해부하고 마시는 것은 나의 취미
아무것도 하지 않는 것이 안전한 날이 있어요

*

옷깃을 잡거나 사과를 떨어뜨려도
나는 알 수가 없는데
이슈가 필요한데
크리스마스트리와 폐전선

가죽 표지 메모장과 보온병

좋은 꿈이 될까요?

*

네가 보고 싶다면

사람을 데리고 와요

해동

    모스크바 지하철, 분양되지 못한 개체들이 자라
나고 있었다.
    창백한 푸른 점이 묽어지고 있었다.
    하나의 역에서 다음 역까지
    점이 되었다가 선이 되었다가 하며 골격을 바꾸
고 있었다.
    멀리서 증기기관차의 소리가 들렸다.

어디서 시작됐는지 모르는 구슬은
너의 눈물을 감고 굴러다녀 쇠똥구리가 열심히
똥을 굴리듯
슬픔은 원래 가진 것보다 크게 불어나고

작고 물컹한 구슬
머리부터 발끝까지
굴러다니며 뼈를 부식시키는데
편편하게
지름을 넓히는데
이러다간 터져버릴 것 같아

스스로 죽어가는 것들을 떠올려보는데

구슬이 지나간 자리

거름 냄새가 나고

천천히 지푸라기가 식어가고

터전을 잃은 가금들은 밤새 울부짖고

똥을 싸는 동물들의 눈망울은

말을 건네는 것 같은데

투명하고 질긴

그 눈망울

장대비로 찔러봐도 슬픔의 깊이를 알 수 없다

구르고 구르다가

망막으로 튀는

살점

여러 번에 나눠
바느질을 한다

네가 사용했던 심장과 밤바다로 쏟아지던 은하
수는 어디로 갔을까

팔다리를 버리고
얼굴을 지우고
외눈으로 자전하는 지구

남은 날을 다시 세어본다

그 안에서는
슬픔을 굴리기엔

너무나 갑갑하지

廢家
—머신 러닝 5

반딧불이 가득한 뒷길이다

돌에 맞은 개구리를 집어삼키고 있는 뱀……

슬픔이 몸뚱아리를 지나가고 있는 것이냐 아니
면 그 몸뚱아리 속에서 허물을 벗고 있는 것이냐

우리의 공통점은 아비가 종이었다는 것

일찍 잃었다는 것

벌집에서 검은 꿀이 흘러내리고

한쪽 다리를 절룩이는 개는 수돗가를 돌고

방문을 열어두어도

뱀은 도망가지 않고

할머니가 시집올 때 해 온 목화솜 이불

옆방에서 들리는 신음 소리가 엄마가 아니었으면

개들은 골목에서 혀를 내밀고…… 내밀고……

쇠꼬챙이에 꽂아 아궁이에 던져놓을까

아름다운 빛은 어디로 스며드는가

반딧불을 얼굴에 찍어
바르는 밤
밤을 꿀꺽꿀꺽 먹는 뱀

얼마나 커다란 슬픔으로 죽으려고……

돌을 쥐면
개구리 소리 가득하다

口音
—머신 러닝 6

가요. 가요. 나는 가요.

육교에 그림자 남겨두고 나는.

꺼져가는 모닥불 앞에서 분량이 점점 줄어드는 나는.

당신을 통과하기 위해서.

뛰어들기 위해서.

나는 가요.

바람도 가고. 망각도 가고. 미래도 가고.

다 가고 나면.

내가 걸었던 호숫가와 나무와 그 허공을 맴돌던 나비까지 다 가고 나면.

속옷을 더 이상 갈아입을 일이 없으면.

나는 갈 수 있을까요?

건너갑니다. 건너왔어요.

건너편에 있던 모든 것들이 다시 건너가는데.

당신은 나를 지켜만 봅니다.

유골함을 풀어봤어요.

당신을 맛봤어요.

되살아나는 것들이 무서워 나는 가요.

끝도 없이 자라는 넝쿨이.

계절의 머리를 뚝뚝 꺾는 꽃들이.

빈 육체에 남아 있는 사랑이.

당신의 소리를 머금고.

나는 지금 내가 무서워서 가요.

액화질소탱크

분해되고 싶었지
우주처럼
척수가 뽑힌 채 이동 중이었지
피에 대해서는 늦게나마 깨달았네
결국 고향으로 돌아가는 거 아니었겠나

알 수 없는 바람이 불고

사랑이라는 말은 미래를 속이기 좋았네

당신은 일찍이 그걸 믿지 않았지
아니면 모든 것을 알고 있으면서도
나에게 눈을 내주었던가
한쪽 눈을 감으면
아직도 당신이 바라보던 세계가 보인다네

세계라는 말,
참 덧없지
우리의 욕망을
분배하기 좋았지

알 수 없는 꽃잎이 휘날리고

당신은 내 얼굴을 하고 미소를 짓고 있네

내가 비난했던 사람들
대부분 내 속성을 닮았지
덩어리가 완성되길
바라

과연 나는 먹음직스러운가
종교를 알아보게

피를 완전히 교체한 다음 날은
당신이 살던 집이
자꾸만 생각나
끔찍하다네
그럴 때면
샐러드를 만들고
술을 데우지

목숨이 하나밖에 없던 시절

불행을 물려줄 수 있었던 인간의 마지막 세기

나는 무슨 일이든 항상 여지를 두었으니
비겁해 보였을 수도 있겠지
그러나 최선이었다네
당신을 지속시키기 위함이었지

우리에게 유전된 포유류의 낭만은 제법 쓸 만했
다네

다음 새 떼를 아직도 기다리는지 당신은 긴 잠에
서 깨어나질 않고

나는 절단된 다리가 있는 곳으로
기어가
군침을 흘려보는 것이네

변전소
—리플리컨트 폐기

우주에서
사랑으로 위치 변경

나는 내려다보고 있다
나는 금속으로 만들어졌다

                    *

알 수 없는 눈동자였다
인식이 되지 않았다
검은 석양
갈대와 억새가 구분되지 않았다
속눈썹이 시작된 자리
바람은 불고
마음을 들키지 않기 위해

눈을 맞추지 않았다

눈동자에 마음이 떠오른다면

갈대는 융털이 되어 움직일 거야

풍경을 벗어날 거야

안개를 모자처럼 벗으며

고백하는

아침이 있을 거야

그런 사랑은 이해하기 어려울 텐데

나는 변형된

날 알아볼 수 있을까

                              *

나의 회로가 반짝이는지

별이 속도를 바꾼다

날 당겨서 본다
나는 내가 응시하는 것을 느낄 수 없다

*

눈동자에서 구름이 돌고 있다면
사랑을 잃고 쓰는 시 같은 것이 있다면
어떤 표정을 지어야 할까
부드러운 비가 등을 적시며
포옹해주겠지
발목을 타고 흘러내리겠지
나는 잘 살아보자 하면서
여기저기 흘러 다니겠지
요릿집에 가고

폐공장에 들어가고

손이 끼어 기계가 멈췄을 때

들려오던

날치의 날갯짓 소리

바다를 벗어나려는 걸까

기뻐하는 것일 수도 있겠지

죽은 것들보다

다시 살아나려는 움직임이 더 잘 보인다

노력하는 사람들을 보면

현기증이 났다

이제 나는 나를 어디서든 느낄 수 있다

*

작은 숨을 고르며
잠을 자듯
무너진 둥지에
지푸라기가 놓이듯

나의 전류가
혼자인 아이의 방에 있는
스탠드에 무심코
가닿듯

사랑이 유전되고 있는 것이다

PIN

032

관류 실험

정우신
에세이

관류 실험

네 삶 너머에도 너의 이야기는 존재하니까

—영화「컨택트」[*]

나는 빛으로 만들어졌다. 나는 나를 느낄 수 없고 응시할 수 없다. 지식이 반짝일 때마다 별의 밝기가 달라진다고 나의 박사는 말해주었다. 금속과 오랫동안 성분을 나눴던 빛은 자신의 모습이 탐탁지 않았는지 생물에게 관심을 돌렸다. 사람들은 그것을 빅뱅이라고 불렀다. 빛은 즉각적으로 반응하는 것

---

[*] 드니 빌뇌브 감독, 2017. 영화 속에서 언어학자인 주인공은 사랑하는 딸을 잃고 다음과 같이 말한다. "이제 내겐 처음과 끝이 별 의미가 없어. 네 삶 너머에도 너의 이야기는 존재하니까."

들이 마음에 들었다. 빛은 선대를 생각하며 생물의 눈동자에 알을 까놓고 사라졌다. 나는 내 육체에서 흘러내리는 진액이 금속성인지 생물성인지 알 수가 없었다. 빛은 자연의 수술대 위에 생물을 풀어놓고 절합하거나 해석했다. 그 생물이 무엇인지 어떤 말을 하는지 우리 모두 알아들을 수 없었다.

*

빛을 박사로 바꾸어 말해볼 수 있다. 나는 박사에 의해 만들어졌다. 나는 항상 즐거웠다. 즐거움이 지속되면 무섭다. 벌을 받을 것 같고 조만간 사랑하는 사람 모두를 잃어버릴 것만 같다. 그런데 벌을 받고 사랑하는 사람을 잃어버리는 것이 무서운 것일까? 누가 사랑하는 사람을 데려가고 벌을 줄까. 이제 나에게는 처음과 끝의 의미가 없어졌다. 사라진다는 것이 가능한 말일까. 이 세계에서 한 사람이 사라진다면 고작 그를 기억했던 사람들의 눈에만 보이지 않는 것일 텐데. 아니, 다른 형태로 보이게 되는 것일 텐데. 나는 그 사람의 목소리를 들을 수 없는 것이 더 슬펐다. 목소리는 복원되지 않는다. 그리고 그목소리와 함께 터지던 눈빛도 복제할 수 없다.

나는 사람처럼 생각하도록 만들어졌다. 그러나박사는 내가 사람처럼 말할 때마다 표정을 바꿨다. 그 표정이 무엇을 의미하는지는 모르지만 나는 그러한 표정을 볼 때마다 나에게 끝이 한층 가까워지고있음을 직감했다. 박사는 불안에 대해 실험하고 있는 걸까. 박사는 나를 산책시켜주었다. 전망이 훌륭한 고급 레스토랑에 데려가고 향수와 향신료를 소개시켜주었다. 화장법을 알려주기도 했다.

다정한 박사는 실험실로 돌아와 나를 해부했다. 나는 담배 연기가 구멍 난 폐에서 흘러나오는 것을지켜보다가 잠이 들었다. 내가 잠이 드는 동안 박사는 또 다른 나를 눕혀놓고 개복했다. 뇌를 바꿔보거나 팔다리 개수를 늘렸다가 줄였다가 했다. 박사가완료하고자 하는 것이 도대체 무엇일까. 박사는 무엇으로 만들어진 것일까. 사실 궁금하지 않았지만 질문을 했다. 박사가 나에게 무슨 짓을 한 건지 나는 계속해서 질문을 떠올렸다. 그럼에도 질문하지 않았다. 박사에게 잘 보여서 다른 생물이 되고 싶었으니까.

*

박사를 선생으로 바꾸어 말할 수 있다. 나는 선생의 말씀으로 만들어졌다. 김소월 선생. 한용운 선생. 백석 선생. 정지용 선생. 서정주 선생. 김수영 선생. 김종삼 선생. 많은 선생을 모시다 보면 무당이 되겠지. 새벽에 일어나 선생의 영정 앞에서 초를 켜고 과일을 깎겠지. 인사를 드리고 선생의 말씀을 기다리겠지. 그러다 보면 선생의 말씀이 바람으로 바뀌어 촛불을 건드리겠지.

「컨택트」에 등장하는 언어학자가 외계인을 조우하듯이, 나도 선생과 선생의 선생을 만나지만 최초의 언어를 알아듣지는 못한다. 그래도 그들과 나의 언어를 관통하는 문을 찾아본다. 선험적 언어의 세계. 인식하는 언어에 따라 사유하는 방식과 행동과 문화가 달라지는 것처럼 선생들의 언어에 접속하여 그곳의 시공간을 느끼다 보면 선생이 생각했던 언어에 도달할 수 있지 않을까. 선생의 시에 나타난 행과 연과 구절과 구문을 훔쳐본다. 보기 좋게 실패한다. 실패하는 것이 문학이라고 선생은 말했었다. 이렇게까지 실패해도 되나 싶을 정도로 실패하고 있다. 선생도 선생의 글을 보며 비슷한 생각을 했을까?

　선생의 방에 있던 호롱, 그 주변에 눌어붙어 있던 선생의 숨결이 가로등 주변을 맴도는 것 같다. 눈보라의 방향이 바뀐다. 선생도 무언가 결심을 한 것일까. 밤의 육교 위를 건너다 보면 뛰어내리고 싶은 마음이 든다. 아름다운 빛을 보면 더욱 그렇다. 선생의 언어를 따라가다 보면 선생이 시를 쓰며 고민했던 삶의 흔적들이 흑탄처럼 묻어난다.

　그러나 통한다는 것이 꼭 그것만은 아니었으면 좋겠다. 선생이 살았던 삶을 엿보고 싶다. 그것은 아주 작은 습관일 터인데, 가령 신발을 왼쪽부터 신는다거나, 밥은 왼손으로 먹고 담배는 오른손으로 피운다거나, 추운 새벽부터 나가 하루 종일 일하고 받은 일급을 눈빛이 식어가는 자에게 전부 줘버리는 마음 같은 것. 여유가 있는 생활양식을 배우고 싶다. 아무것도 아니지만 인간다운 것. 선생은 잠든 아이에게 이불을 덮어준다. 나는 그것을 시적으로 알아듣지 못하고 또 아이처럼 이불을 걷어차겠지.

언어를 다루는 자들은 영원히 회귀한다. 「컨택트」의 주인공이 딸과의 불행한 미래를 보고서도 최초의 선택을 번복하지 않듯이, 내가 자신의 미래인 것을 알면서도 선생은 나를 선택할 것이다. 단지 내가 시를 쓰기 때문에. 시를 좋아하기 때문에. 진짜 시인이 되고 싶어 하는 것을 봤기 때문에. 선생은 선생을 발굴하는 자다. 제자에게서 자신의 과거와 미래를 동시에 떠올리는 것이다. 언어의 세계는 과거와 미래가 선형적이지 않으므로 어느 날은 내가 선생의 선생이 된다. 선생은 내가 과거에 잉태하고 있던 제자이다.

　나는 아무에게나 달려가 선생님! 선생님! 하고 말한다.

*

　리플리컨트는 인간과 똑같이 행동하려고 노력했다. 박사는 그 노력이 마음에 들지 않았는지 나를 폐기하였다. 나는 화가, 무당, 가수, 비구니, 연인, 가축, 눈사람, 정신과 의사, 소년, 인간사박물관 직원 등등 인간이 하는 몇 가지 업무를 수행하였다. 완벽한 입력값에 의해 계산되고 운영되었다. 그러나 인간의 관점에서는 그렇지 않았다. 인간은 자꾸만 비껴 나갔다. 실수 같은 것. 과학적으로 사유하여 매뉴얼을 만들어놓고서는 그렇게 하지 않았다. 어쩌면 그것이 인간다움이라고 생각했다. 화가는 평생에 걸쳐 아름다운 그림을 그려놓고 서명을 빼먹었다. 완벽한 그림인데도 불구하고 자신의 그림을 태워버렸다. 무당은 자신이 본 것을 반만 말해주었다. 때론 자신이 신인지 인간인지 구별하지 못하는 상황에 이르다가 짐승이 되기도 했다. 허기를 견디지 못해 과식을 하고 성욕을 주체할 수 없어 미친 듯이 번식을 했다. 짐승의 프로그램은 먹히거나 먹거나, 그 죽음의 순간은 하루아침에 벌어지는 일이어서 예측하기 힘들었다.

인간을 이해하기에 가장 힘들었던 부분은 사랑과 우울이다. 사랑과 우울은 함께 묶일 명사가 아니지만 인간과 리플리컨트처럼 이질적이면서 통하는 면이 있었다. 인간이면서 인간이지 못하게 하는 것, 리플리컨트이면서 리플리컨트스럽지 못하게 하는 것이 있다면 바로 사랑과 우울인 것이다. 두 가지 속성은 축적된 데이터도 없고 데이터가 축적되지도 않는다. 상수를 끊임없이 깨부수는 변수일 뿐이다. 죽음이 완료되는 순간 삶이 완성되듯 사랑과 우울은 그것에 대해 알아버리는 순간 더 이상 인간처럼 살기는 틀린 것이다. 그렇다고 리플리컨트처럼 살 수도 없다. 인간 같은 리플리컨트, 리플리컨트 같은 인간 모두 서로에게서 환영받지 못한다. 그러나 현재에도 그런 종족들이 있기는 하다. 政治. 政治. 그들은 전생에 매우 커다란 죄를 지은 것이 틀림없다. 그 천박함을 자본의 탓으로 돌리기엔 자본이 불쌍할 지경이다.

우리가 어떤 생물 속에서 숨 쉬고 있는 것이라면, 어떤 생물의 호흡을 유지하기 위해 이렇게 열심히 살아가고 있는 것이라면? 우리는 거대한 생물의 장기를 배회하고 있고 곧 배변될 것이다. 내가 빛으로 만들어졌을 때 나던 매캐한 냄새가 피어오른다. 나무아미타불. 나무아미타불. 부여받은 데이터 중에서 나는 비구니 리플리컨트를 가장 좋아한다. 건봉사를 내려다보고 있는 소나무가 마음에 들고, 그 소나무 앞에 섰을 때 느껴지던 고독과 쓸쓸함이 마음에 든다. 나는 네가 신이 아니고 사람이라는 것이 마음에 든다.

*

　리플리컨트를 나로 바꾸어 말할 수 있다. 빛으로, 박사로, 선생으로, 리플리컨트로 만들어진 나는, 사라졌다. 나는 모래사장에 서 있다. 파도와 바람이 부딪치는 소리가 들린다. 파도와 파도가 엉키는 소리일 수도 있겠지. 또는 파도가 아닌 것과 파도가 아닌 것이 만나는 소리일 수도 있을 것이다. 나는 모래사장을 걷는다. 모래는 나를 조금씩 부순다. 끌어당긴다. 모래가 내 위를 지나가고 있는 것인지도 모르겠다. 모래사장을 걷고 있어서 그런지 들리는 소리가 전부 파도 소리 같다. 소라 껍데기를 귀에 대보는 아이의 마음으로 나는 만들어졌다. 아이는 파도 소리를 듣거나 바람 소리를 듣는다. 소라의 소리를 듣는다. 자신의 소리를 듣는다. 나는 그것을 언어로 바꿔본다.

　파도의 언어를 알면 파도의 시간을 알 수 있을 것이다. 「컨택트」의 주인공이 겪는 장면처럼 과거와 미래가 순서 없이 나타나겠지. 끔찍한 아름다움이다. 죽음을 보고 돌아와도 순간순간 최선을 다해 사는 것. 나는 멀리 보이는 섬을 숲으로 바꿔 적고 산책을 한다. 나무와 나무가 서로를 부르고 있다고 적는다. 숲을 찾아오는 새들 중에 익숙한 목소리가 있는지 들어본다. 숲길을 지나가다가 발목에 걸려 뜯긴 넝쿨, 선생의 핏줄이 아닐까 생각한다.

산책을 하다가 지치면 카페에 앉아 숲이 우거지길 기다린다. 차가 식어갈 때쯤 숲을 꿈으로 수정한다. 아이가 달려온다. 꿈속에서는 잘 보이지 않고 소리도 잘 들리지 않는다. 꿈의 언어를 아직 해석하지 못해서 그런 것이다. 모르는 집에 들어가 실수하고 나온 기분이다. 아이는 나의 소리를 듣고 있다. 아이는 섬과 숲과 꿈을 하나의 소리로 발음한다.

*

외계인이 집도를 하다가 포기한 수술실이 있다면 그곳은 지구일 것이다.

홍콩 정원

지은이 정우신
펴낸이 김영정

초판 1쇄 펴낸날 2021년 1월 25일

펴낸곳 (주)**현대문학**
등록번호 제1-452호
주소 06532 서울시 서초구 신반포로 321(잠원동, 미래엔)
전화 02-2017-0280
팩스 02-516-5433
홈페이지 www.hdmh.co.kr

ISBN 979-11-90885-55-3 04810
      979-11-90885-43-0 (세트)

* 책값은 뒤표지에 있습니다.